KB055979

혼잣말이 저 혼자

홍미자
1960년 대전에서 태어났다.
2018년 『내일을 여는 작가』를 통해 시인으로 등단했다.
시집 『혼잣말이 저 혼자』를 썼다.

파란시선 0086 혼잣말이 저 혼자

1판 1쇄 펴낸날 2021년 9월 10일
1판 2쇄 펴낸날 2022년 1월 1일
지은이 홍미자
디자인 최선영
인쇄인 (주)두경 정지오
펴낸이 채상우
펴낸곳 (주)함께하는출판그룹파란
등록번호 제2015-000068호
등록일자 2015년 9월 15일
주소 (10387) 경기도 고양시 일산서구 중앙로 1455 대우시티프라자 B1 202-1호
전화 031-919-4288
팩스 031-919-4287
모바일팩스 0504-441-3439
이메일 bookparan2015@hanmail.net

ⓒ홍미자, 2021, printed in Seoul, Korea

ISBN 979-11-91897-03-6 03810

값 10,000원

혼잣말이 저 혼자

홍미자 시집

시인의 말

늘 바깥이 되려고 한다

차례

시인의 말

제1부

오래된 삼월

임대 문의 전단지가 나부낀다
먼지 낀 유리 벽 너머 수북이 쌓인 질문들 위로
햇빛이 일렁거린다

잠긴 문 앞에서 화분들이 볕을 쬐고 있다
뿌리의 기척을 몰라 메말라 가는 줄기에게
어떤 따뜻한 약속도 건넬 수 없다
꽃을 피운 뒤에야 이름을 얻었으므로

멈춰 선 여자가 제 옆모습을 훔쳐본다
바람의 들뜬 행렬 여자를 툭 치며 사거리 쪽으로 몰려
간다
차도로 날아가는 꽃무늬 스카프
그들은 바람의 핑계를 대곤 하지

입을 꽉 다문 유리의 벽을 밀쳐 내고
전단지는 이 허름한 골목을 찢을 수 있을까

아지랑이가 술렁거린다

옆으로 가는 사람들

어디로 가고 있는 걸까
수십 미터 암흑 속
바퀴가 길을 내고 있다
단단한 바닥을 부딪는 신음 소리
찢겨 나가는 바람의 외침
못 들은 척, 마주 앉은 얼굴들

마주 보고 앉기
지하철 좌석의 이 어색한 배치는
어쩌면 방관의 자세

어둠을 가르는 일은 바퀴의 몫으로 두고
그 고통이 남긴 궤적을 따라
사람들, 비켜 앉은 채 옆으로 간다

그들의 최선은
어둠과 정면으로 서지 않는 것
삶의 긴 터널을 지날 때처럼
그저 시간을 견디는 것
해서 함부로 고개 돌리지 않는다

가끔 한 줄기 비명 같은 섬광이 일고
구부러진 길에서 커다랗게 휘청거릴 때조차

마침내 따뜻한 어느 플랫폼에 닿을 때까지
그렇게 불안을 통과하고 있다

카페 카타콤

배롱나무꽃이 창밖에서 시들어 가요 대형 쇼핑몰이 들어서는 길 건너 입을 벌린 구덩이 속을 알 수 없는 저것은 도처에 널린 함정일까요 엔젤리너스, 이곳으로 우리는 숨어들어요

간도 쓸개도 빼놓고 흐물거리는 허기 속으로 커피를 들이켜요 밤을 마신 듯 소름이 돋아나요 각성의 시간이죠 엔젤 인 어스, 바닥을 딛고 일어서 계단을 올라와요 식어 가는 심장으로 흘러들면 서서히 온기가 도는 가늘고 푸른 혈관들

흐린 테이블마다 매캐한 음모가 피어나요 은밀하게 오가는 눈빛과 손짓 벙긋대는 입술 사이 불가능한 말들이 흘러나와요 소음을 빨아들이며 음악 소리는 볼륨을 높여요

부유하던 먹구름이 빗줄기를 쏟아 내요 터져 나오는 고해성사들 수많은 이름들이 잘근잘근 씹히다 버려지고 때로 피 흘리며 쓰러져요 꼬리에 꼬리를 물며 자욱이 퍼져 나가는 소문과 추문들 사이, 참회의 주문을 외면 죄는 탕감될까요

줄 서서 엔젤 인 어스를 주문하던 은둔자들, 그들은 그
만 나가는 길을 잃어버려요

키오스크

그가 어쩌다 해고당했는지 잘 알지 못합니다 게을렀는지 불친절했는지 최저시급을 요구했는지 추측성 뒷담화가 매장 안을 떠돌았으나 말이 너무 많았던 게 이유였을 거라 짐작됩니다

그의 자리를 꿰찼으나 미안하거나 그의 후일이 염려되는 건 아닙니다 얼키설키 뻗어 나간 길을 흘러다니다 어느 간판 아래 손쉽게 발붙였을 테니까요 여긴 알바천국입니다

나는 무기한 장기 계약 직원입니다 나도 모르는 거액의 스카우트 비용에 채용되었으므로 과분하게 존중받고 또 그렇게 부려질 예정입니다 미전향 장기수처럼 오래도록 이 안에서 낡아 갈 겁니다

나의 두드러진 미덕은 묵직한 입입니다 고객들은 대체로 말이 없습니다 속내를 들키지 않고 손가락 하나로 해결되는 간편한 소통을 꽤 만족해합니다 침묵은 때로 정중함의 동의어 우린 서로 지극히 정중합니다

말과 표정을 잃는 고객들이 늘어 갑니다 모든 말이 사
라져 버린 KFC 매장 안 주방 기름 속에서 파닥파닥 튀겨
지며 치킨 홀로 살아 있습니다

빵을 구독하다

오븐 안에서 부풀어 오른 빵이 말랑말랑해진 기억을 수습하는 동안 문밖엔 긴 줄이 순례 행렬처럼 이어집니다

어디서든 줄을 서는 건 이 도시에 불어닥친 새로운 풍습, 비척이며 가수면의 밤을 빠져나온 우리는 서둘러 어느 줄에든 붙어야 합니다 머뭇대다 벼랑으로 밀려날 테니까요

이 도시에서는 빵을 구독한다고 말합니다 빵을 얻기 위해 읽어야 할 게 많아질수록 줄은 길고 팽팽해집니다 트렌드에 빠진 리뷰 탐독부터 언제 끊길지 몰라 한발 앞선 뒤통수의 표정을 읽는 일까지

이제 구독의 조건, 우리가 읽힐 차례입니다 QR 코드는 면죄부 같아서 어디든 통과되지만 속속들이 내막이 읽히는 걸 감수해야 합니다 치열하게 읽고 읽히는 이 고리는 우리를 보호하는 촘촘한 사슬입니다

빵집 직원이 입구를 가로막고 섰습니다 치켜든 체온계는 저 문을 열어 줄 유일한 질문, 정상입니다 신탁을 내

리듯 단호한 음성에 줄어들다 다시 불어난 줄이 목덜미
를 휘감습니다

　미열이든 고열이든 눈금이 흔들렸다면 비정상으로 분
류됩니다 빠른 맥박과 들뜬 호흡은 밤새 비문에 시달린 징
후, 까칠해진 혀로는 온전히 빵을 해독할 수 없어

　체온계가 바짝 다가옵니다 붉은 눈동자가 내 불온한 온
도를 판독합니다

어느 슈퍼마켓의 고백

대형마트에 밀려 가까스로 발붙인 이 구석에서
가늘게라도 숨을 연명하려면 어쩔 수 없었어요
이름 안에 감히 '슈퍼'를 끼워 넣은 게
허위 과장 과대 광고라는 걸 모를 리가요

졸고 있는 계산대를 통과하면
단칸방처럼 한눈에 들어오는 옹색한 살림들
진열대마다 고된 하루를 접고 휴식 중이었죠
할인 전단지 팸플릿인 양 옆구리에 소중히 끼고
또각또각 계단을 내려온 핑크빛 하이힐께서
무언가를 찾아 헤매다 물어 왔어요
케이퍼와 홀스래디시는 없나요 치킨스톡은요
아, 그게, 어…… 우물쭈물거리자
여기 슈퍼가 맞긴 한가요 이름값 좀 하시죠
쏘아붙이며 휙 돌아나가는
뾰족한 뒷굽에 짓밟혀 웅크려 있을 때
알코올중독이 의심되는 단골 삼선 슬리퍼가 들어왔어요
소주 골목을 향해 몇 걸음 옮기다 비틀거리는 순간
생기를 잃고 처진 열무 몇 단과 딸기 상자가
바닥으로 시든 욕설을 쏟아 냈어요

떨이나 할인가로 간신히 살아남은 그들이
나뒹굴며 뭉그러진 광경에 그만
맨발의 슬리퍼까지 벗겨져 버리고 말았지 뭐예요

빛나는 간판들의 거리에서 돌아오는
가로등 흐린 눈길조차 닿지 않는 지하 계단 입구에서
슈퍼라는 이름 커다랗게 걸어 둔 채
늦은 밤까지 불 밝히고 싶었는데 말이에요

햇살론

해를 가리지 말아 줘
튼튼병원은 점점 더 튼튼해지고
행복분식은 바닥에 묻혀 버렸네

작은 창들이 힐끔거릴 뿐
한낮에도 그늘 우거진 뒷골목은
가게 몇 개 구겨진 박스 같았지

볕을 쬐지 못해 녹슬어 가는 관절들에게
언제든 문 열어 둔 튼튼병원은
오후 두 시의 비타민 D를 처방해 줬네

눈부셔 똑바로 바라볼 수 없는 것들에 대해
의심하면 할수록 남루해지지
처방전을 찢고 달아날 거야

아스팔트를 구르다 은빛 바큇살에 감겨 춤을 추거나
가로수 이파리마다 연둣빛으로 물들거나
거리 가득 봄을 끌고 와 흥청거리는

저 빛들은 누구의 소유인 걸까

튼튼해지고 싶은 행복분식이
망설이다 캐피탈타워를 향해 길을 건너네
햇살을 빌리러 가네

별다방 1호점

별다방에서 콜드브루를 마셨지
별들이 슬어 놓은 푸른 눈동자들이
권태로운 눈꺼풀에 매달려 가물거리는 오후
차갑고 어두운 바닷속을 헤엄쳐 가는
흰고래 모비딕을 만날 수 있을까
물류창고 안 사각지대에 기대어
멈춰 선 지하철 스크린도어 밖에서
컵라면으로 한 끼를 때운 스무 살 그에게
바다는 너무 멀리 있었지
태평양을 건너 시애틀에 간 그녀가
버킷리스트에서 꺼낸 별다방 1호점
붉은 입술을 오물거리며 허기의 목록들을 고백할 때
세이렌의 노랫소리를 들은 것도 같아
자판기 밀크커피 한 잔이 채워지기도 전에
기차는 말없이 들어서고 있었지
하청받은 시간은 빽빽했으므로
겹겹이 어깨 너머로 출입문이 닫히듯
그는 어디로도 떠날 수 없었지
시차를 거슬러 그녀가 날아오는 동안
골목마다 굶주린 저녁이 몰려왔지

거울들

오랜 비가 그치면 차오르는 물웅덩이 미궁 속으로 빠질까 봐 에둘러 가요 신음 섞인 파문을 외면한 채

웅덩이 위로 몸을 기울이는 건 위험해요 깊이를 알 수 없는 거울 일렁이는 눈동자를 들여다보면 바닥 닿는 긴 슬픔에 빠져요

지상의 몸짓 그대로 베낀 뿌리의 비밀을 아시나요? 야윈 손을 치켜들어 허공을 껴안고 있네요 중력을 거슬러 고통의 물길을 내는 일, 부름켜를 세운 뿌리의 몫일까요?

콘크리트에 뿌리박은 건물들 솟구쳐 멀미로 울렁이는 지붕들 밤마다 추락의 가위에 짓눌리나 봐요

거울은 말이 없어요 깊이깊이 흔들릴 뿐 증발하듯 눈을 감은 뒤 발아래서 팽창하느라 한 번씩 금이 갈 뿐

알리바이

—

간이 터미널 벤치에서 그가 담배를 피운다
노려보던 CCTV의 시선과 부딪힌다

어둠으로 꽉 채운 창이다
무방비로 방치된 어느 피사체에게
저 망막한 세계와의 관계는 일방적이다
창의 관점만이 빼곡히 기록되는

크고 검은 구멍이다
줌인과 줌아웃을 오가며 팽팽해진 감정으로
포착된 순간 끈질기게 따라붙는 맹독성 눈빛이다
가시권 밖으로 몰아내는

비스듬 키 높은 각도에서 내려다본다
모든 배후는 그들만의 영역
정수리부터 뒤통수를 지나 발끝에 끌리는 그림자까지
포획물의 이면은 대체로 막막하다

앵글을 벗어나 도시가 팽창할수록
의혹에 찬 눈초리들이 상공을 장악한다

—

LED 가로등이 밝히지 못한 모퉁이의 비밀
길고양이가 버리고 간 후미진 공터에서

항복하듯 남자가 쓰레기통에 꽁초를 버린다
찰칵, 햇빛에 과다 노출된 그의 알리바이까지

워킹 홀리데이

휴일의 공원은 게으르고 나른하지 봄을 타느라 수런대
는 꽃과 나무들 사이 버드나무 홀씨가 바람을 타고 길을
떠났지 태평양을 건너 지구 반대편으로 날아간 너

밴쿠버행 비행기는 만석이랬지 홀리데이를 즐기러 가
는 옆좌석은 불을 끄지 않았어 여행 지도가 뒤척일 때마
다 깨어난 넌 우주에 버려진 부유물 같아 실내등 혼자 깜
박이는 별을 놓칠까 긴 잠에 빠져들 수 없었지

검푸른 바다의 중력을 뚫고 비행기는 고요히 구름에 갇
혀 있어 하얀 솜털에 싸여 연못 위를 날아가는 홀씨들, 잔
잔한 수면을 내려다보다 비행을 포기할까 봐 멀리멀리 시
선을 던졌지 붉은 해당화 피는 낯선 물가에 안착할 때까지

비눗방울을 불어 대느라 허기진 공원으로 퀵 배달 오
토바이가 들락거렸어 날아오르다 터져 버리는 동그라미
들, 떠오르는 건 때로 위험하지 가벼워졌다는 착각으로
부푼 위장이 기내식으로 가라앉듯 뿌리내리면 어디든 따
뜻하겠지

휴일을 탕진한 공원이 문을 닫은 뒤에도 흘씨의 비행은 끝나지 않았지 구름 덩어리 가득 실린 솜사탕 리어카 시멘트 바닥에 불시착한 씨앗을 밟으며 크게 한입 구름을 베어먹었어 덜컹, 에어포켓에 잠시 흔들린 너는

난간

작은 창에 매달려 설거지를 할 때
고장 난 자전거 보관함 옆에서
그 남자는 입에 담배를 물고 있네요
식후 밀려오는 공백에 대해
함구해야 하는 불문율이 있어요

켜켜이 방들이 배기관을 타고
오르락내리락 내통하는 이곳에서는
무심코 내뱉는 탄식 한 줄기에도
벽들은 젖어 누수되었죠

엘리베이터 안에 대자보가 나붙었어요
실낱같은 한숨도 니코틴처럼 전염돼요
욕실 수건에 배어든 과민성 어둠
건조기로 몇 번을 돌려도 마르지 않아
언젠가 항불안제를 복용해야 할지도 몰라요

그릇 몇 개를 깨뜨린 설거지는 계속되고
어깨를 움츠린 그 남자가 담배에 불을 붙여요
일제히 내리꽂히는 시선들

한 모금 뜨거운 숨을 토해 내는 순간
뭉툭한 현관문에 철커덕 바깥이 잘려 나가요

미필적 오독

—

　허공의 창에 부딪힌 새에 관한 이야기입니다 새는 항변의 기회를 놓쳤으므로 당신의 창을 향해 던지는 질문입니다

　당신의 창은 투명합니다 속이 들여다보이는 무방비의 자세 그 푸른 공동 속으로 빠져들고 싶었을 겁니다 날개의 현기증을 잠재울 최적의 거처였기에

　정원 구석구석에 묻힌 꽃들의 뼈를 잊은 듯 당신은 금 간 창밖을 응시합니다 가끔 바람에 흐트러질 뿐 꽃들이 만발한 정원은 격렬합니다 평화로 읽히는, 그것은 정물의 특성입니다

　갇혀 있던 어둠이 기어 나오기 전 노을이 번져 갑니다 커튼을 내리는 습관에 빠져 모든 사건에 명백한 당신의 알리바이, 밤의 일은 밤이 알아서 처리할 것입니다

　아침 햇살에 스프레이 자국이 반짝입니다 어둠이 남긴 유일한 단서입니다 깃털처럼 사소한, 방치해 두면 흐려지는 것들에 당신은 골몰하지 않습니다 당신의 창이 투명

한 비결입니다

　미필적 고의였을지도 모르겠다는 당신의 말은 삼켜 버렸습니다

바이킹이 우는 저녁

목요장터에서 저녁이 수근거린다
갈라진 목소리들이 서로의 드레스 코드를 훑는다

모국어는 비유와 상징으로 끈끈히 얽혀 있어서
숨은 뜻을 짚어 낼 수 없다면 이방인이다

에버랜드엔 비문이 쓰일 수 없어
웃음과 탄성의 기록으로만 남았지
낙하의 순간 터져 나오는 비명조차도

북적이는 생선 가게를 부러운 듯 바라보며
시장 끝자락으로 뻘쭘하게 비집은 바이킹

도마 위에서 비닐봉지 속으로 은폐되는
피비린내 나는 현장을 목도한 자들이
덜컥 공범의 눈빛으로 숨을 참는 동안

아무도 다가오지 않아 쓸쓸해진 바이킹이
저 혼자 앞뒤로 몸을 흔든다

갈치 한 마리가 다시 토막 나고
어둠이 깔리는 시장 바닥에서
끼익—끽 바이킹이 운다

눈발의 배후

비틀, 바람이 주저앉는다 찬 유리 너머 둥글게 앉은 테이블이 따뜻하다 빌딩의 모서리에 긁힐 때마다 바람은 웅웅거렸지 겨눌 곳이 없어 제 몸을 찌르곤 했지 테이크 아웃 손잡이를 흔들며 매달려도 문은 열리지 않는다 창을 타고 미끄러지는 눈송이들, 닥쳐올 불운을 감지했다는 듯

키 큰 대리석 담장에 기댄다 바람의 넉살에 나란히 입을 맞추는 붕어빵 리어카 비닐 포장 아래 흐린 전구가 흔들린다 더 닮아 갈까 봐 멀어진 관계도 있지 회전문을 나온 빨간 입술이 더운 입김을 토한다 안경알에 김이 서렸다는 건 바깥과 종일 불화했다는 증거, 어차피 한 방향으로만 밀어붙일 수 없어 뒷걸음질 치는 바람의 등 뒤로 굵은 눈발이 날린다

포장을 들추던 눈들이 허공 가득 몰려온다 무너질 듯 캐피탈타워 피뢰침을 지나 층층이 어깨동무한 지붕들을 지운다 낮게 더 낮게, 퍼렇게 언 바깥의 살을 덮는다 지리멸렬 지상 곳곳에 매복한 날 선 모퉁이들이 지워지고 있다 명명된 모든 품사들 제 이름을 버릴 때까지

36

리셋, 바람이 일어선다 눈 뭉치를 털어 내며 가로등이
불을 켠다 보도블록 모서리에 힐끗 누군가의 발목이 잘
려 나간다

제2부

빈방

그들이 빠져나갔다 밤새 토해 놓은 잠꼬대 쓸어 모아 버린다 건네지 못한 질문들은 구석으로 밀쳐 두고 하루가 돌돌 말린 양말을 순하게 풀어 주었다

구겨진 채 행거 위에 몸을 걸친 허물도 늘어져 있다 다림질의 뜨거운 입김에도 무너진 셔츠 깃은 살아나지 않았다 주머니 속엔 해진 말들이 떠돌았다 속속들이 털어 내도 쉽사리 만져지지 않는 얼굴들

우울 지수가 높아질수록 미세먼지가 짙어진다 유일한 처방은 마스크에 얼굴을 묻는 것뿐, 끌고 들어온 거리의 길들을 지우며 얼룩진 바닥을 몇 번이고 닦는다

고요를 들이고 불을 밝힌다 그들이 돌아올 시간, 하얗게 방전된 방은 모서리로 사라져 간다

징후

—

난해한 수수께끼의 덫에 걸려요 비뚤어진 웃음으로 불
쑥 던지는, 밤을 건너려면 투명하게 풀어야 하는 어지러
운 문장들이에요 가벼운 빈혈 같은

저들의 아름다운 눈짓에 번번이 말려들고 말아요 날카
로운 발톱과 뒤통수를 치며 빠져나가는 꼬리 다가왔다 한
순간 날아가 버리는 날개의 환영에 취해 다시 그 길로 들
어서곤 해요

빽빽이 들어선 문자와 문자 사이를 걸어요 햇살이 들
지 않는 숲속 침묵 고인 어느 행간에 저들의 그림자가 숨
겨져 있을까요

함정에 빠질 때마다 의심해요 이 난제를 질러간 자들
이 언덕에서 흐드러지게 웃고 있어요 그들은 머지않아 오
만해질 거예요

날이 밝으면 눈앞이 흐려져 있어요 망막에 새겨진 비
문의 기미 같은

—

식탁의 습성

네발 달린 종족의 비애는 날개가 퇴화된 거죠
삐걱삐걱 겨드랑이가 간지러워 한 번씩 울어요
멀미가 잦아들어 수평이 될 때까지

날고 싶을 땐 체크무늬 식탁보를 펼쳤죠
화병인 듯 넘어져 강화유리를 뚫고 할퀴어 댈까 봐
우리는 식사 내내 바닥만 내려다봤죠

서로의 눈을 바라보는 일은 이제 진부해졌어요
침묵이 팽팽할수록 환해지는 우리의 소통
하루 세 번 만나자던 약속도 저버린 지 오래죠

갈아 끼운 LED 조명은 너무 밝군요
숨겨 둔 말들이 튀어나오면 오해가 싹틀지 몰라
서둘러 수저를 내려놓고 모서리로 달아나는 그림자들

두 발을 번쩍 들어 올리면 한번은 날아오를까
기우뚱 한쪽으로 기울어지는 파탄의 징후
식탁이 꽃병을 벗어던지는 순간이에요

실어증

여자가 어항을 들여놓았다
없는 게 없다는 다이소 골목에서 만난 열대어에게
어떤 말부터 가르쳐야 할까

더 이상 기를 게 없어 실어증에 걸린 여자의 거실은
깊고 고요한 바다 같아서
더운 강줄기들이 거품을 물며 비틀거린다

보이지 않는 경계는 대부분 함정이었지
투명해서 차가운
유리의 집

먹이를 주거나 램프를 끄러 다가갈 때마다
하얀 모래밭에 싱그런 수초와 붉은 산호초까지
하르르 여자의 손끝에서 풀려나왔다

수초 사이로 달아나는 형광빛 말꼬리를 잡았지
잠든 척 바닥에 가라앉은
여자가 말을 트기 시작할 때

구름의 속성

발자국들이 멈칫거린다
끝이라는 말은 서늘한 벼랑 같아서
파도에 끌려온 바다가 엎질러진다
저 거대한 푸른빛이 거품이었다니
활주로에 긁힌 뒤에야 평온해진 바퀴들의 비행처럼
검은 바위를 할퀴다 푸스스 주저앉는 물의 갈퀴들
날아갈 때마다 발바닥이 울렁거렸지
언제든 꺼져 버릴 구름의 속성에 익숙해져도
불치의 고소공포는 사그라들지 않았지

땅에 발을 붙이고 해지도록 걷고 또 걸어
어지러운 계절이 모두 지나가도록
다시 처음이라 불러야 할까
화석이 되어 버린 시간을 잘게 쪼개어
물의 입속으로 내던질 때마다
수장된 기억들이 솟구쳐 오르는 해변
무수히 그어진 비행운을 지우며
수평선에 베인 태양의 울음이 새어 나오는 동안
발자국들이 길게 멈춰 선다

창의 안부

—

내 목소리는 투명해서
저 흔들리는 밤의 속살도 만질 수 없어요

거리 가득 별들이 돋아나는 동안
TV는 폭설에 묻힌 미시령의 불빛을 실시간 전송해 왔죠
눈자위가 흐려진 창을 지켜볼 뿐
아무런 응답도 건넬 수 없어

환하게 깨어 있는 창들을 불러 봐요
눈 속에서 구조를 기다리며 식어 가는 그들
불 끄지 말아요 밤이 녹아내릴 때까지

볼륨을 지우니 휴대폰 창에 부재중 번호가 떠요
누구신가요? 폭설의 소식이 닿기도 전에
거긴 서둘러 목련이 질 테죠
이제 막 피어난 꽃들과 엇갈리며

멀리 미등 하나 깜박여요
겨우내 떠다니던 눈빛들
우리는 새벽까지 서로의 창을 엿본 걸까요

—

설경을 만나러 몰려가는 차들이 뉴스를 꽉 채워요
창이 어떻게 밤을 건너왔는지 모르는

복숭아 성장기

빛을 가려 주세요 하얗게 타들어 가는 행성이 보이나요 메마른 열대의 저녁 한 줄기 포물선으로 사라질지도 몰라요 비릿한 슬픔이 몇 날 며칠 바람 속을 떠돌겠지요

비바람에 눈을 닫아걸었죠 비밀의 냄새를 캐내려 기웃대는 발자국 소리 허공에 방이 존재하기는 할까 당신이 손대려 할 때마다 떨어져 버렸죠

달빛 커튼으로 온몸을 휘감아 줘요 밤의 수면에 누워 쏟아지는 별들을 끌어안고 떠갈래요

밤마다 눈자위가 붉어져요 좁디좁은 방을 벗어나 어딘가로 천도할 수는 없을까 낯선 행성들과 접속을 시도하다 새벽녘에야 잠들곤 해요 가까스로 타전된 비문 몇 개 아침이 오고 딸깍 지워져요

탈주에 실패한 방 하나 마침내 떠나갔어요 문밖으로, 이제 그만 중력에 항복할래요 짧은 메모를 남긴 밤 굵은 빗방울 유성들이 쏟아지고 있어요

한밤 내 폭풍우를 지나온 행성들이 총총히 도원을 밝히고 있어요

옆

옆에 앉았을 때
여자는 졸고 있었죠
목이 꺾인 한 마리 새처럼
거꾸로 천장에 매달린 빈 손잡이들
주술에 걸린 듯 흔들렸어요

올라서는 순간 목적지를 잊어요
어디서든 자리 잡기는 힘겨워
내려야 할 정류장을 훅훅 지나치다
차가운 손들에 휩쓸려
변두리 유실물 센터에 버려질지도 몰라요

어디로든 데려다줄 테죠
아침마다 눈부신 광장을 향해 떠나는
구름의 자유로운 항법을 믿어 볼래요
낡은 창들 너머 파랗게 포물선을 그리며
버스는 구름다리가 될 테니까요

고가도로로 들어설 때
겨드랑이에 접힌 날개가 돋는 듯

여자가 어깨를 움찔거려요
발바닥을 타고 올라온 멀미는
날아오르기 직전의 낙하 같은 것

툭, 가방이 떨어져요
달려 나간 여자가 버스 카드를 내밀어요
등에 청진기를 댄 듯
단호한 진단이 내려져요
—충전이 필요합니다 배터리를 교환하십시오

꽃피는 원피스

비좁은 옷장 안에서 시들어 가요
들뜬 거리를 끌고 들어온 바람의
볼륨이 꺼져 납작해진 심장
무호흡에 잠긴 벽지의 꽃처럼
모호한 체취가 밀착해 와요
향기가 라일락인지 넝쿨장미인지
앞뒤로 빽빽하게 숨을 조여요
서로의 윤곽이 지워지며
일회용 옷걸이에 목덜미를 내맡겼어요
솔기마다 실밥이 풀려 흘러내리듯
나프탈렌 냄새에 취하면 눕고 싶어요
꽃피지 않으면 기다릴 수 있을까요
갇힌 방은 예외적이어서
꽃의 정체성에 대해 중얼대는 밤
내일은 문이 열릴 거예요
햇살에 부딪히며 달려 나가면
온몸에서 꽃이 피어날 테죠
들썩이는 치맛단을 눌러 봐요

분리수거하는 저녁

　빈 병들 까닭 없이 부딪힌다 언성을 높이던 간밤의 맥주 캔 하나 찌그러져 나뒹굴고 있다

　뒤엉킨 기억들 플라스틱과 페트의 모호한 경계 짚어 낼 수 없는 통점들 사이 붉은 얼굴이 고개를 내민다

　읽히지 않는 책들과 햇빛을 못 본 옷가지들, 빛바랜 어느 오후엔 그렇게 덤덤해지기도 할까

　버려진 일주일이 부스럭대며 베란다에 쌓여 있다 자신을 발설하고 수상한 냄새를 흘리며

버티고

달빛이 그려 준 지도를 잃어버린 듯
수천 개의 밤을 끌고 온 길들이 헝클어졌네
일그러지며 항로를 벗어나는 별자리들

노랗게 현기증이 치밀어 오를 때마다
세상과의 각도가 조금씩 틀어져 갔지
기울어진 구름의 등고선을 따라
검은 바다로 명멸하는 은빛 날개들

착시와 착각은 오래된 야행의 습성
밤의 푸른 눈동자를 들여다보면
무리 지어 떠가는 달을 닮은 불빛들
얼마나 고도를 높여야 그 빛에 촉수가 닿을까

불길을 따라 빙글빙글 춤을 추며 돌아갈 거야
해가 몸을 숨긴 달의 뒤편으로
사막 한가운데로 불시착해서
더운 바람에 날개가 녹아내린다 해도

날이 밝자 지상 여기저기 압화들이 피어났네

황홀하게 추락한 나방의 마지막 문장들   ⸺

●버티고(vertigo): 비행 착각 현상.   ⸺

사이렌

밤이 울어요 길고 뜨겁게 두 눈을 앙다물고 목젖이 드러나도록 짓눌린 비명을 토해 내요

두 귀를 틀어막아야 합니다 충혈된 고막이 창백해질 때까지 방음창을 뚫고 목이 메도록 범람한다 해도

울음도 중독되면 노래가 될까요 끊어질 듯 이어지는 지루한 음계에 뒤척인 당신은 토막 난 꿈속에 다시 눕네요 차갑게 뒷걸음질 치는 새벽까지

잠들지 못한 귀들이 뛰쳐나갑니다 점멸등에 기댄 밤이 떨고 있어요 찢긴 바람을 휘감고 울음이 내달린 방향으로 달려갑니다

울음이 잦아듭니다 무슨 할 말 있는 듯 입술만 달싹입니다 오열의 원인은 그대로 봉인됩니다 심박수는 여전히 불규칙하게 출력됩니다

사이렌 오더의 의도된 오류일까요 한낮 대량으로 투여된 카페인은 해독되지 않은 채 혈관 속을 떠돌아요 언제쯤

밤의 울음을 온전히 받아 적을 수 있을까요 —

●사이렌 오더: 스타벅스의 모바일 주문 서비스. —

우산의 감정

―

비를 기다린다
찬 바닥에 거꾸로 처박힌 채
생각을 접은 건 아니다

얄팍한 비바람에 뒤집히는 동안
등줄기에 맺힌 감정을 풀어낸다
꼭짓점이 뭉툭해진다

허공을 찔러 댈수록 우산의 심장은 뾰족해졌지
야윈 살을 밀어 올릴 때마다 튕겨 나간 질문들
빗속을 떠돌다 구름의 집에 갇혔지

바깥의 기분이 맑음이라면
그들의 안부를 어디에 물어야 하나

누군가의 손아귀에 덥석 이끌려
분리수거함에 버려질지도 몰라
유폐된 현관 구석에서 한 번씩 부스럭댄다

―

비가 내릴 때까지

어둠의 창에 부딪힌
햇살의 결로 현상 같은

마스크 증후군

입과 코를 구겨 넣었다
문을 닫아걸고 틀어박힌 방처럼
말하지 않아도 될 권리는 없나요

흐려진 이름들을 꺼내 부르면
삐그덕 일어서는 정강이의 관절들
이미 세상에 없는 얼굴

혼잣말이 저 혼자 지쳐 잠잠해지듯
유기된 시간들이 서랍 안에서 부스럭댈 때
모서리는 조금씩 둥글어질까

문밖에 기댄 울음이 풀썩 주저앉았다
바깥은 여전히 슬픈가요
여긴 지낼 만해요, 다 지워진 걸요

서서히 뭉개지는 표정들
입꼬리에서 입술로, 콧등에서 인중을 지나
새하얗게 익명이 될 때까지

두꺼운 먼지를 걷어 낸 창밖으로
형형한 눈동자들이 떠다녀요

체류자

전면 주차 팻말이 따뜻하다
등을 보이면 어디로든 숨어야 했지
내달리던 길들이 꺾일 때마다
바다 쪽으로 허물어지는 태양의 가파른 각도
캄캄한 지구 밖으로 나가떨어질 것만 같아
늦기 전에 누군가 달려와 툭 쳐 주길 바랐지
구석구석을 더듬는 경비 아저씨 손전등
불법체류 번호의 배후를 밝히는 동안
고층 아파트 안 비무장지대로 숨어들어
차 안에서 그대로 눈감아 버린
밀입국자 같은 하루가 식어 간다
뒷좌석에 남겨진 쇼핑백이 쓰러진다
해종일 엉켜 버린 길을 풀었다 되감으며
성공적으로 이 구역에 들어선, 안녕
손전등 노란 불빛이 흔들리며 다가와도
웅크린 바퀴들은 눈을 감았다
그만 발각되고 싶어
부재의 신호 애타게 보내는 미등 너머
야생의 눈빛으로
검은 승용차 한 대 두리번거리고 있다

돌들의 서사

길을 걸을 때도 어딘가 뿌리박을 때도 그늘로 치우치는 습관은 지병입니다

이석증이군요 탈주한 돌들에 대한 서사를 낱낱이 밝힐 순 없어요 제자리로 돌아오길 기다릴 밖에요

봄날 같은 현기증을 앓습니다 담장을 끼고 걸으라는 처방을 따라가면 점점 중심에서 멀어집니다

햇살 가득한 영토 안에서 출렁이는 나무들 뿌리 깊은 종족이므로 그들은 기울어진 벌판 한가운데서도 정정합니다

뿌리내리지 못해 쓸려 온 나뭇잎 귀들이 발에 밟힙니다 바스라져 바람에 흩어지는 흙빛 파편들

사라지는 이름들을 일일이 호명하며 돌들은 여전히 변방을 헤매고 있습니다

제3부

여름날의 동화

뿌옇게 풀어지는 저녁쌀을 씻는다 몇 번을 헹구어도 맑
아지지 않는다 등 뒤의 빈 식탁 창밖엔 일몰을 기다리며
늘어진 아스팔트 싱크대 앞에서 옴쭉달싹 못 할 때 풀린
암호처럼 방역차 시동 소리가 울린다

하얀 연기 속으로 일곱 살 아이가 달린다 한 모금 피를
빨기 위해 굶주린 비행을 하는 모기떼 밥 냄새와 석유 냄
새에 뒤섞일수록 몽롱해지던 골목 흡혈이 성행하던 날들
이었다 더위를 먹은 적은 없었지만 뽀글뽀글 흰 거품을 물
며 물속에 잠긴 입술처럼 숨이 막히는 순간, 돌로 빻은 익
모초 시퍼런 피를 마셨다 밥상에 자주 오르던 상추 쑥갓
열무김치 같은 푸성귀들이 씹힐 때마다 와삭 내지르던 비
명 같은 풋내 어른이 되면 그 씁쓸한 맛을 이해하게 될 거
야 미간을 찡그리며 아이는 서늘한 풀빛으로 물들어 갔다

한 줄 풀 비린내 뱉으며 더운 바람이 스친다 훅 허기
가 올라온다 울렁울렁 고작 모기의 치사량에 취한 채 다
시 쌀을 씻는다

적과

열매의 옳은 자세는 매달리기다
끌려가지 않으려 꽉 움켜쥔

철봉 오래 매달리기는 가혹한 수업이었다
볼이 터져 나갈 듯 태양을 견뎌야 하는

가장 먼저 떨어져 나온 그늘에게는
풀썩 주저앉는 법을 배우는 시간이었다

줄기들의 길은 언제나 길고 가늘어서
쪼르르 매달리는 눈빛들이 비굴해졌다

차갑게 훑어보는 손가락들에게
비굴은 될성부른 떡잎의 태도였다

바닥의 꺼지지 않는 식탐과
절망 쪽으로 휘어지는 줄기의 무게

두려움이 탐스럽게 자라나겠지
눈물 같은 붉은 과즙을 가득 물고

삐죽 돋아나는 의심을 솎아 낼 때마다
열매는 달콤해졌다

냄새의 기억력

　아래층 여자가 청국장을 끓인다 얼룩진 기억들이 베란다 난간을 기어오른다 그늘에 지친 곰팡이들이 부려져 있는 한마음 요양병원, 당신의 등을 갉아먹으며 망각의 포자들이 침대 가득 무성했지 한자리에서 오래 기다린 것들은 쿰쿰해지지 쓸쓸해서 더 깊어진 방구석의 혼잣말들

　창틈으로 잠입한 냄새들이 집요하게 코끝을 파고든다 실핏줄 투명한 나는 그들의 숙주였으므로 아래층에 멈춘 엘리베이터 버튼을 누른다 훅 취기가 퍼진다 숨을 몰아쉬며 발자국들이 쓰러져 있다 한번 배어든 슬픔은 마르질 않는다 먼지보다 가볍게 별보다 멀리 떠나고 싶은 부력으로 울먹이는 독백들, 비릿하고 어지러운, 담배 냄새 술 냄새를 토해 내던 골목의 기침 소리

　당신에게 집은 너무 멀었지 약방에서 삼킨 마이신이 엉킨 하루를 풀어 줬을까 불안한 신경들이 불면에 익숙해지도록, 절망이 더 큰 절망에게 무릎 꿇듯 엘리베이터에 갇힌 냄새들이 제 냄새에 취하듯, 장미향 방향제로도 은폐되지 않았지 긴 복도를 유령처럼 떠돌았지 기억을 껴안은 채 침대에 웅크린 식은 몸뚱이, 마지막까지 곁을 서성

이던 냄새들

누수

몇 년째 백수인 남자의 집엔 저녁마다 기압골이 흐른다 안개 자욱한 숲에 갇히듯 모호해지는 한낮의 기억들, 골이 깊어질수록 담담해지는 관계처럼

밖으로 튀어 나간 여자가 잘 마른 햇살을 등에 묻혀 돌아온 밤이었지 길게 드러누운 검푸른 장마전선에 걸려 넘어진

구름에게도 투명한 물방울의 날들이 있었지 산란하는 빛줄기를 따라 날아오르다 툭 터지고 싶어 꽃이 피듯 둥글게 부풀어 멀리멀리 달아날 거야

무거워서 어두운 건지 어두워서 깊어진 건지 먹먹해진 구름의 서사에 대해 누구도 묻지 않았다 현관 옆에 검은 우산을 준비했을 뿐

물먹은 바닥이 비스듬히 기운다 닥쳐올 범람을 예감한 듯 불어 터진 세면대의 비누 흘러내리는 벽지의 꽃들 홍수경보 문자는 한 걸음 늦게 도착했다

먹구름은 어쩌다 먹구름이 되었을까 구름을 찢고 나온
밤의 바깥은 울음으로 환하다

목련

흔들리는 가지 위에 새들이 앉아 있다

깃털의 들뜬 호흡 달래며

훌훌 날개의 무게 털어 내며

기다리고 있다

한순간 바람을 거슬러 솟구쳐 오를

참혹한 수직

밥

한 알 한 알에 스며들었을 고통
외면한 채 쌀을 씻는다

희뿌옇게 씻겨 내려가는 하루
산다는 건
여름 땡볕에 알알이 뭉쳐진다는 것
무른 지아비 뒤에 날 선 울타리로 서야 했던 당신

찰찰 물에 잠겨 있는 동안
순하게 불어 터지는 쌀알들
당신도 수국의 꽃잎들을 헤아리곤 했을까
짓무른 속내를 펼쳐 보기도 했을까

부글부글 끓다가
치밀어 오르는 순간,
압력솥 추가 흔들린다
이쯤에서 멈추어야 한다고

그렇게 저녁마다
당신은 밥이 되었을까

어느 별의 유서

　강원도 삼척군 원덕읍 원덕면 임원리, 엄마의 눈물을 받아 적었네 엄마는 무학이었고 나는 국민학생이었으므로 두고 온 안부를 묻거나 타관살이 묵은 설움을 쏟아 내거나 한 글자 한 글자 나는 엄마의 심장이 되었지

　오래된 꿈속으로 걸어 들어가면 화전을 일구다 허리를 펴던 나무 그루터기 엄마의 등을 비비는 햇빛이었을 때, 인민군에 징집된 남편을 기다리는 장독대 물 한 그릇 침묵을 흔들어 깨우는 바람이었을 때, 한숨과 넋두리 사이 흩어지는 혼잣말 같았지

　대필의 습성은 내 남루한 유산이 되었네 퀭한 저녁을 끌며 가는 해진 신발들과 길 건너 깜박이는 점멸등의 비명과 무시로 차가운 강물로 투신하는 어느 별의 유서까지 나는 받아 적었지 밤마다 떠돌다 엉킨 무수한 말들을 해독하며

채집의 편력

간밤의 꿈이 하얗게 증발하는 신작로를 가로질렀지 붉은 벽돌을 두른 수도원 담장을 따라 더운 잠에서 막 깨어나는 숲, 돌아가지 못한 별들이 초록 이파리마다 글썽이고 있었지

벽돌 틈으로 흰옷을 휘날리며 수도사들이 유령처럼 등장했다 사라질 뿐 수도원은 고요에 잠겨 있었네 담장 밖에서 벌어지는 모든 일에 함구한 채

숲에서는 누구든 사냥꾼이 되었지 몸을 낮추고 온몸의 세포를 일으켜 눈과 귀를 열어젖히면 붉어지는 의심의 눈초리들, 싱싱한 알코올 냄새 깃든 숲은 위험에 빠졌네

사르르 흔들리는 풀꽃들 그늘 사이로 반짝이는 햇빛 짙푸른 혈관으로 출렁이는 나뭇잎들 풀밭에 쓰러진 메뚜기의 서툰 날갯짓 소리까지 핀으로 단단히 고정했네

세상 밖으로 향하는 작은 단서일지도 모를, 그런 것들을 모으며 아이들은 튼튼해졌네 숲은 글썽글썽 조무래기 아이들을 팔 벌려 끌어안아 주었지

오늘의 허기 1

저녁 먹이로 닭볶음탕을 권한다

정육점 남자가 휘두르는 시퍼런 칼날에
잘게 토막 나며 형체를 잃어 가는
이제 그는 닭이 아니다

—목은 빼 주세요
핏대를 세우던 모진 숨줄의 비애까지 넘겨받고 싶지
는 않다

—껍질도 벗겨 주세요
누군가의 손길에 소름처럼 돋아난
어두운 기억들도 말끔히 제거하기로 한다

퍽퍽한 가슴으로 또 한 끼 목이 메겠지만
잘근잘근 한참을 씹다 보면 순하게 넘어가겠지

단돈 칠천 원과 맞바꾼
검은 비닐봉지 속 그의 살들이 돌아오는 내내
물컹하고 차갑게 손끝에 닿는다

담

어깨와 어깨를 맞대고 길게 늘어서서
비집고 들어설 틈 누구에게도 내주지 않았지
슬며시 기대 오는 얼굴들 밀어내며

울타리 가득 꽃을 피워 올렸어

비밀이 무성해지고
꽃들이 붉어질수록 눈물이 말라 갔지

가끔은 등 뒤를 돌아보아야 했어

주말의 명화

당신에게 집중해 얼굴 윤곽이 흐릿한 밤
화들짝 당신을 끄면
그 검은 눈동자가 불을 밝힐까

옆집 문틈으로 주말연속극을 흘깃거리며
달 착륙을 놓칠까 만화방 신발 더미에 엎어지며
다가갈수록 멀어지던 당신

이제 나에게로 쏠려 있다
끊임없이 들려주던 바깥세상의 무수한 이야기들
나를 위해 웃고 나 대신 울어 주며
뜨겁고 긴 파장을 쏟아 내는 푸른 행성

나는 당신의 믿음대로 신뢰한다
강아지 사료를 팔 때도
어린 미혼모를 팔아 분윳값을 도네이션할 때도
어떤 이유로든 나는 의심하지 않는다

당신을 가지지 못해 아름다웠다
교실이 가르쳐 준 최선의 덕목에 따라

부끄러움이 무럭무럭 자라났다 ——

봄날

학교에서 돌아오면 부엌은 텅 비어 있었네 창 넘어 든
햇빛은 부뚜막 위로 쓸쓸히 미끄러지고 연탄불에 걸터앉
은 솥뚜껑을 열면 누런 양은 밥통에 맺혀 혼잣말하는 물
방울들

신작로를 내달렸네 먼지바람을 헤쳐 와락 철길에 안겼
네 지상의 모든 빛살들 봄비는 둑 위에서 침목을 건너뛰
며 기차를 기다렸네 검푸른 외투를 휘날리며 숨차게 달
려오고 있을

둑에 엎드리면 햇살이 등을 어루만졌네 기차가 당도할
먼 나라를 꿈꾸며 눈을 감았네 봄나물들은 저희끼리 무럭
무럭 자라나고

기차는 단 한 번도 멈추질 않았네 지축을 흔들며 다가
와 머리칼을 스쳐 갔을 뿐, 떠나간 선로에 귀를 대면 아득
한 진동 처음으로 읽은 슬픔이었네

바닥에게

한 번씩 일렁이는 집
묵묵했던 바닥에 의심이 묻어난다
각박한 모서리마다 둥글게 닳고 닳아

빠져나갈 수 없는 층과 층 사이
안락함과 두려움의 두터운 벽 사이
두 눈 질끈 감고 침묵 중인 건 아닌지

오래전 속 깊이 생긴 실금
어긋나지 않게 다독이는 건
그 틈으로 빛바랜 해가 지기 때문인지

어깨 짓누르는 세간살이
젖은 짐으로 낡아 가는

바닥에게 묻고 싶다

십일월

무장한 햇빛이 쨍쨍히 겨누는 날엔
발목을 낚아채는 바람에 비틀거리며
빽빽한 나무 사이를 걸었다
직립의 종족에겐 최선이었다

치기 어린 잎들이 떨어져 시들어 갔다
검은 잔해를 눌러 밟으면
바닥에서 피어나는 이름들

누군가의 슬픔으로 끼니를 채우는 일이 잦아졌다
길 위에서는 흔한 일이어서
말없이 앞선 등을 따라 걸으면 죄는 이내 잊혔다

걷는다는 건 분명치 않은 집을 찾아가는 일
헝클어진 무연고의 길을 풀어헤치며
길가에 버려진 폐가의 문을 일일이 두드리며
일몰을 예감하듯 가벼워지는 일

걸음 멈추고 뒤돌아보면
온통 무성하게 쓰러져 누운 불모지

84

집에 닿지 못한 발자국들이
너울너울 국경을 넘어가고 있다

나를 스캔하다

창밖에 나무들이 턱턱 베어졌어요
다시 봄이 왔냐고 흐린 눈으로 당신이 물었죠
뿌리 뽑힌 채 땅속에 묻힌 겨울 무처럼
침대 안에서 시들어 가는 가늘고 긴 손가락들

창가 화분이 붉은 꽃을 피워 올렸죠
가지런히 빗질해야 할 기억은 자라지 않아
마른풀 냄새 날리는 머리카락들
봄은 오지 않을 거라고, 울렁이는 말을 삼켰죠

꽃이 피었다는 말은 쓸쓸합니다
지나온 모든 길이 지워지는 순간이므로
흰 트럭에 실려 떠나는 나무토막들은
어느 야산에 버려져 풀풀 삭아 가겠죠

당신은 이미 알고 있을까요, 다시 오는 건 없다고
천 개의 봄을 우린 지나쳐 갈 뿐이라고
유리의 벽을 뚫고 온 햇살이 당신을 훑고 갑니다
무언가를 살피려는 듯 천천히, 날카롭게

제4부

나무의 잠

자동차들이 질주한다 가로등의 눈길이 따갑다 나무는
눈을 감을 수 없다

도시는 어둠을 들이지 않은 지 오래다 추방된 어둠은 변
두리 공터를 몰려다니거나 외진 골목에 웅크려 있곤 했다
그렇게 어두워져 갔다

어둠을 베어 먹으며 이파리들은 푸르러졌다 그의 손길
에 햇빛에 찔린 상처가 아물었다 가슴에 불덩이를 매단 건
물들이 들어서고 가로등이 성큼 다가서기 전까지

도시는 끊임없이 팽창한다 밖으로 밖으로 떠밀려 가는
어둠, 따라나설 수 없는 나무는 밤이 오면 찬 보도블록 위
에 눕는다 어둠은 더 어두워지기로 한다

옥탑방에 숨어든 어둠 하나 시들어 가는 나무 위로 쓰
러진다

문

내가 읽히지 않는다
자동문 센서, 비켜 간 시선에

길을 막아서는 문들
통과해 낸 이력으로 반짝이는 카드 몇 장
바코드로 입력된 이름들
검문받듯 내밀어 보아도 꿈쩍 않는다

무엇으로 더 증명할 수 있을까
벽이 된 문 앞에서

나는 끊임없이
나를 뒤적거린다

계단의 바닥

빗물이 계단을 내려간다
가파르게 꺾일 때마다 울음이 터진다
암울암울 먹구름이 뒷덜미를 덮친다

역류하는 꿈에서 깨면
창백한 낯빛으로 젖은 날개를 퍼덕이는 새들
가벼워져야 하는 강박에 눌린 밤마다
어둔 바닥으로 꺼져 들었다

까마득한 하강의 끝
따스한 출구가 기다리겠지
길고 긴 통로를 따라 바다에 닿으면
통증은 잔잔히 풀어지겠지

마지막 걸음을 떼어 놓는다
뒤엉키는 물줄기들
빠져나가지 못해 막힌 숨을 토한다
범람하는 바다,
주춤 계단이 뒤로 물러선다

신호를 놓치다

―

그렇게 눈에 불을 켤 필요는 없어
익숙해진 지 오래야 곳곳에 버티고 선 바리케이드
가로막힐 때마다 무릎 꿇은 슬픔일 뿐

정면에서 쏘아보는 시선은 아프지만 솔직하지
스스로 건너야 하는 점멸등처럼
읽히지 않는 표정으로 출몰하는 신호들
그건 누군가가 놓은 덫

걸음을 떼기 전에 숨을 고르지
초식동물 같은 가늘고 긴 신경을 곤두세우고
횡단을 유예하며 물러서 있을 때

파란불로 바뀌었어
건너도 좋다는 저 투명한 시그널을 믿어도 될까
망설이는 사이 친절한 기다림도 잠시
어서 건너오라며 다급하게 깜박이더니
나만 남겨 두고 사라져 버리는

―

다시 빨간 눈빛과 마주쳤어

적의에 찬, 들여다보면 차라리 따뜻해지는 —

물의 행방

방죽 길을 따라 낮은 집들이 얼굴을 내밀고 있다 흘러
든 노숙객들 뽀얗게 소요를 일으키느라 하천 곳곳에 물거
품이 일었다

떠나고 싶은 집들은 종일 물을 바라보며 어지럼증을 앓
는다 어느 저녁 붉어진 물가로 내려온 집 하나 비틀거리
다 사라졌다는 소문이 간간이 떠밀려 왔다 한밤중 별들이
투신하는 장면이 목격되기도 했다 다행히 모든 비밀은 빠
르게 떠내려갔다

흐를 수 없는 집 몇몇은 우뚝 키를 세웠다 강변예식장
과 리버사이드 모텔, 이마에 이름을 새긴 채 물 위에 떠 있
다 물살에 몸을 맡기면 강에 닿을 수 있을까 건너편 자동
차들이 힐끗거린다

내려갈수록 하천은 몸이 분다 끊임없이 솟구치는 소용
돌이는 구겨진 집을 기웃거리다 마침내 고요해진다 기다
렸다는 듯 평화요양원이 지친 얼굴로 내려다본다

천변을 따라 이팝꽃이 흩날린다 하얀 꽃잎을 신고 요양

원을 지나 하천의 끝자락을 돌아나간 노숙객들, 또 다른
집을 찾아 하류로 흘러간다

갈라파고스

햇빛이 비명을 지른다
뒹굴다 처마 끝에서 반짝 추락한다
무표정의 함석지붕들, 땅거북 등딱지 같은

집들은 지붕 밑으로 몸을 움츠린다
빈 골목을 수탈하느라 분주했으므로
목을 뺀 연통들이 망을 보는 한낮
벽화마을로 여행객들이 난입한다

재개발의 습격에서 살아남은 집들
지구 몰락의 한 귀퉁이에 대해
그들이 감탄할 때마다
골목은 비틀거리며 달아난다
힐끗 벗겨진 벽화 틈새로

섬이 아니었으나 섬이었다
그들과 멀어지는 건 지각의 흐름 때문일 거야
떠나온 육지를 향한 바다사자의 울음이
건너간 사이렌 소리에 끊겨 나갔다

마을 입구에 엎드린 구멍가게 평상에서
구부정 일어선 할머니 하나
서둘러 어두워지는 벽화 안으로 들어간다

강박의 방향

모두들 시계 반대 방향으로 돌고 있다
시간을 되돌리겠다는 집념일까
불끈 쥔 주먹을 휘두르며 행렬이 길어진다

쉼 없이 제 몸을 휘감으며 돌아가는
이 지루한 일방통행은
멈추면 허물어져 버릴 불안에 길든
오래된 강박일지도 몰라

시곗바늘의 행로를 어기는 건 일탈이지
다가오는 눈초리들과 부딪힐 때
암묵적 규칙은 폭력이어서

귀를 틀어막으면 울리는 자전의 소리
어느 별에도 끌려가지 않으려
가까스로 버티는 지구의 신음이다

그 고통을 끊으려 누군가 행렬을 이탈한다
새파랗게 조여 오던 숨통을 풀며
과감히 뒤돌아가는 역주행의 밤

출렁, 태열이 흔들리며 웅성댄다 —

관계

—뱀이 출몰할 수 있으니 조심하십시오

팻말이 세워진 뒤 공원이 폐쇄되었다 닳아진 살들의 안부를 묻지 못했다 입을 다문 공원의 표정에 따라 모른 척 멀어지는 게 최선의 배려였다 숲과 팔짱을 낀 공원은 위태로웠다 올먹이며 사라지는 바람의 꼬리를 쫓다 수풀 사이 도사린 덫에 물렸다는 소문이나 벤치에 버려진 비밀스런 허물들, 담장 밖까지 감염시킬지 모를 비릿한 냄새들은 도시의 치부였으므로

실뭉치 같은 노을이 거리 곳곳을 굴러다닌다 눈물의 발원지가 제거된 도시는 가벼워졌으나 안구건조로 눈을 감은 창들, 오래된 TV는 갈라진 혀로 달콤한 말들만 풀어냈다 장미가 담장에서 시들어 가는 동안 공원은 도시의 흔적을 수습해서 묻었다 차가운 손과 발, 술렁이는 목소리, 거친 호흡까지 살아 있는 거짓은 허물이 아니었으므로 꿈틀거리는 푸른 혀들 위로 다시 팻말이 세워졌다

—뱀이 다칠 수 있으니 조심하십시오

편두통

한낮 야외 활동을 자제하시기 바랍니다
거리를 배회하면 부패되기 쉬우니
특히 고열로 들끓는 오후 두 시 근처를 피하십시오

대형 전광판이 안내 문자를 날린다
신선도가 바닥인 자들이 서둘러 열어젖힌 냉장고
총알배송된 남극의 입김 속으로 빨려 든다

오염 수치를 가늠할 수 없던 자들도
속속 냉장고 안으로 몸을 숨긴다
온전한 살덩이일수록 넘쳐나는 비린내
편두통을 앓는 바깥은 점점 뜨거워진다

곳곳에 대기 중인 은빛 냉장고들이
흔들리는 수평을 맞추느라 그르렁댈 뿐
텅 빈 거리엔 퀵서비스 오토바이가
공중에 목을 건 타워 크레인 밑을 질주한다

미처 익히거나 상하기도 전에
추락하는 그림자들

빈 의자

저녁 여섯 시 퇴근은 성공의 척도입니다
남쪽으로 커다란 청사 대문이 열리면 시든 나뭇잎들 꽃
들의 배웅을 받으며 지하철역으로 몰려가요
멀어질수록 가벼워지는 건 돌아올 역이 있기 때문이죠

한때 공원은 잎들이 쏟아 낸 사연들 바스락대는 콘크
리트 광장이었죠
엉킨 잎들에 불꽃이 일자 잔디로 뒤덮어 불씨를 잠재웠
다는 소문은 나무와 꽃과 새들에 대한 모독입니다

공원 안에는 놀고 있는 의자가 여럿 있어요
뒹굴던 낙엽들 의자에 내려앉아 저물녘의 슬픔을 이해
한다는 듯 고요해져요
밤마다 서둘러 돌아가야 할 집이 없다면 누구든 야행의
습성을 익혀야 해요

흐드러진 볕으로 붐비는 한낮
단풍잎들이 훈장 같은 이름표를 목에 걸고 의자를 차
지해요
웃음소리에 놀라 풀섶에 숨어든 그림자들은 달빛 아래

서 간헐적 울음에 젖어 들어요

　밤이 되면 의자들의 행방이 묘연해져요
　암전된 공원을 배회하든 어느 현관 밖에 기대어 서든 세
상의 모든 그림자들이 활보하는 시간
　의자도 어딘가에서 어둠에 골몰할 거예요

오늘의 허기 2

콜로세움은 고대 유적이 아니지
돔 지붕 아래 원형경기장 같은 냄비 속
새하얀 소금밭 위로 내몰린 한 무리의 새우들
은빛 갑옷과 단단한 투구를 쓴 검투사들

객석에 입장하려면 차가운 심장을 지녀야 해
눈 떼지 않고 경기를 목도한 자들만이
스스로 굽힌 허기를 채울 수 있어

뜨거운 시선에 달궈지는 소금밭
아무것도 모른다는 듯 순백했던 바닥이
열기와 염기로 뒤섞여 끓어오르면
튀어 올랐다 쓰러지고 다시 튀어 오르는
오래 버틸수록 그들의 용맹이 싱싱하게 증명되지

조건반사로 배어 나오는 침을 삼키며
숨죽여 그들의 처음과 마지막을 지켜보는
거친 숨결로 흐려지다
격렬하게 고요해지는 까만 눈빛들

생생히 살아 있는 식전 기도를 올리며 내려다보면
어지러이 나뒹구는 핏빛 몸뚱이들
돌이켜 보면 허기의 빛깔은 늘 붉었지

걷기

당분간 북태평양 고기압이 머물 예정입니다
건조한 문장이 반복되는 아침마다
우산은 구겨진 몸을 펼친다
녹슨 관절마다 새어 나오는 통증
짓눌린 살들이 허공을 밀어 올리면
지붕 위로 쏟아지는 빛줄기들

몰려온 간판들로 거리가 북적인다
한 모금 물을 찾아 사막을 질러온 듯
비좁은 웅덩이에 발을 담그려
흙먼지를 일으키는 야윈 어깨들
몇몇은 이미 떠났고 또 더러는 주저앉았다
부서진 간판들이 나뒹군다

고인 물조차 바닥을 드러내고
또 다른 물길을 따라 우르르 떠난다 해도
우산은 마지막까지 여기 남을 것이다
굽은 척추를 일으켜 세운 채
시들어 가는 우산에게는
바람에 날려 갈 간판마저 없으므로

따뜻한 그늘

마지막 버스가 떠난다 발길이 끊긴 정류장엔 환한 모니터 누군가와 접속 중인 걸까 빈 좌석들 눈을 감은 채 흔들리고 있다

앞만 보며 달렸다 수인 번호를 가슴에 걸고 등 뒤에서 벌어지는 일을 모르는 척 몇 번의 곁눈질조차 허락되지 않았다 정해진 노선을 따라 CCTV는 머리 위에서 눈을 번뜩였다

숨어들 데 없는 한낮 그늘이 그리웠다 돌아가면 부르튼 발목부터 감싸 안아 주는 말없이 허물을 덮어 주는 그에게서는 따뜻한 냄새가 배어 나온다

밀리고 밀려 변두리의 끝 종점은 아직 멀다 가까워질수록 비척이는 길들 졸린 눈을 비비며 드문드문 선 가로등 언제나 그랬듯이 버스는 그의 심장에 잠겼다

어둠을 비켜, 어둠을 가르는 삶의 정동

고명철(문학평론가)

0. 자연스러운 듯 기괴한 듯─무연고(無緣故), 어둠을 비켜 가기

홍미자 시인의 「옆으로 가는 사람들」은 그의 첫 시집 『혼잣말이 저 혼자』를 이해하는 데 의미심장한 메타포를 품고 있다.

마주 보고 앉기
지하철 좌석의 이 어색한 배치는
어쩌면 방관의 자세

어둠을 가르는 일은 바퀴의 몫으로 두고
그 고통이 남긴 궤적을 따라
사람들, 비켜 앉은 채 옆으로 간다

그들의 최선은
어둠과 정면으로 서지 않는 것
삶의 긴 터널을 지날 때처럼
그저 시간을 견디는 것
해서 함부로 고개 돌리지 않는다

—「옆으로 가는 사람들」 부분

아주 흔한 지하철 안 풍경이다. 주목할 모습은 세 가지인데, ① 지하철 좌석이 서로 마주하고 있다는 것, 그리하여 ② 사람들은 서로 마주 앉을 뿐만 아니라 누군가의 옆자리에도 앉아야 한다는 것, 그러면서 ③ 그들을 태운 지하철이 어두운 지하 공간을 통과하고 있듯, 그들은 "어둠과 정면으로 서지 않"은 곧 그 어둠을 "비켜 앉은 채" 지하 공간을 통과하고 있다는 것이다. 문득, 지하철 안의 일상으로 목도되는 이 세 가지 모습을 떠올려 보면 매우 자연스러운 듯하면서도 기괴하다. 아무런 인연이 없는 사람들이 칠흑 속 어둠의 지하 세계를 교통할 목적으로 바로 옆과 마주하는 친밀성이 높은 자리에 앉아 있다. 그런데 그들의 이 "방관의 자세"는 어둠을 외면하고 도피하는 것은 아니되, 어둠과 정면으로 맞닥뜨리지 않은, 그래서 그 어둠의 사위에 나포되지 않은 채 "삶의 긴 터널을 지날 때처럼/그저 시간을 견디는" 삶의 형식을 보인다.

그렇다면, 이렇듯이 홍미자 시인이 메타포로 포착하는 삶의 형식은 다른 시편에서 어떻게 현상되고 있을까.

1. 삶의 난경과 파국으로 내몰린 사람들

우선, 지하 세계의 "불안을 통과하고 있"는 사람들을 살펴보자(「옆으로 가는 사람들」). 비록 「옆으로 가는 사람들」의 모습이 미적 거리 두기 때문에 시적 대상으로 부각되지만, 놓쳐서는 안 될 것은 그 모습이 바로 우리의 일상과 다를 바 없다는 사실이다. 이런 면에서, 지하 세계의 교통을 일상으로 살고 있는 우리의 삶에 대한 시인의 시적 성찰을 눈여겨봐야 한다. 가령, 다음의 시를 음미해 보자.

별다방에서 콜드브루를 마셨지
별들이 슬어 놓은 푸른 눈동자들이
권태로운 눈꺼풀에 매달려 가물거리는 오후
차갑고 어두운 바닷속을 헤엄쳐 가는
흰고래 모비딕을 만날 수 있을까
물류창고 안 사각지대에 기대어
멈춰 선 지하철 스크린도어 밖에서
컵라면으로 한 끼를 때운 스무 살 그에게
바다는 너무 멀리 있었지
태평양을 건너 시애틀에 간 그녀가
버킷리스트에서 꺼낸 별다방 1호점
붉은 입술을 오물거리며 허기의 목록들을 고백할 때
세이렌의 노랫소리를 들은 것도 같아
자판기 밀크커피 한 잔이 채워지기도 전에
기차는 말없이 들어서고 있었지

하청받은 시간은 빽빽했으므로

겹겹이 어깨 너머로 출입문이 닫히듯

그는 어디로도 떠날 수 없었지

시차를 거슬러 그녀가 날아오는 동안

골목마다 굶주린 저녁이 몰려왔지

—「별다방 1호점」 전문

　"물류창고 안 사각지대에 기대어/멈춰 선 지하철 스크린도어 밖에서/컵라면으로 한 끼를 때운 스무 살" 비정규직 노동자는 "별다방에서 콜드브루를 마"시곤 한다. 그런데 놀라지 말 것! "별다방"이란, 음료를 자동으로 뽑아서 마실 수 있는 자판기가 설치된 곳으로, 노동환경이 열악한 처지에서 일하는 비정규직 하청 노동자들이 그나마 그곳에서 잠시 호흡을 가다듬는 흡사 쉼터다. 분명, 이 쉼터는 힘든 노동을 편안히 쉴 수 있는 그런 곳과 거리가 먼데도 불구하고 하청 노동자들은 이곳에서 상상의 나래를 펼치며 현재의 고된 노동 너머 도래할 미래의 삶, 즉 "허기의 목록들을 고백"한다. 그중 "태평양을 건너 시애틀에 간" 어떤 노동자는 아메리칸 드림 속에서 한국의 고된 노동 현장 아래 "버킷리스트에서 꺼낸 별다방"에 얽힌 추억을 떠올리지만, 또 다른 노동자는 한국의 하청 노동의 냉엄한 현실 속에서 "별다방"의 "자판기 밀크커피 한 잔이 채워지기도 전에" "말없이 들어서고 있"는 지하철의 여닫히는 출입문을 물끄러미 쳐다볼 수밖에 없다. "별다방"의 짧은 쉼 사이 심연에 존재하는 "흰고래 모비딕을 만날 수 있을까"라는 상상의 기대보다 "골목마다 굶주린 저녁이 몰려"오는 게 비껴갈 수 없는 그의 지극히 리얼한 삶이다.

이렇게 그들의 삶은 이어지고, 도돌이표가 난무한 악보처럼 변화와 약진 및 비약이 허락되지 않는, 심지어 일상의 숱한 "소문과 추문들 사이"에 갇힌 채, 그들은 의도하지 않은 삶의 은둔자로 자칫 길을 잃어버릴 수 있다.

부유하던 먹구름이 빗줄기를 쏟아 내요 터져 나오는 고해 성사들 수많은 이름들이 잘근잘근 씹히다 버려지고 때로 피 흘리며 쓰러져요 꼬리에 꼬리를 물며 자욱이 퍼져 나가는 소문과 추문들 사이, 참회의 주문을 외면 죄는 탕감될까요

줄 서서 엔젤 인 어스를 주문하던 은둔자들, 그들은 그만 나가는 길을 잃어버려요

—「카페 카타콤」 부분

점차 노동의 가치가 소멸해 가고 위선과 위악으로 버무려진 삶에 대한 탈신성화된 "고해성사들" 속에서 예의 삶에 공모자로서 참여하는 일상의 또 다른 쉼터—카페는 한층 우리의 일상을 강퍅하게 만든다. 그래서,

해를 가리지 말아 줘
튼튼병원은 점점 더 튼튼해지고

행복분식은 바닥에 묻혀 버렸네

(중략)

저 빛들은 누구의 소유인 걸까

튼튼해지고 싶은 행복분식이
망설이다 캐피탈타워를 향해 길을 건너네
햇살을 빌리러 가네

—「햇살론」 부분

에서 마주하는 삶의 난경 속에서 출구와 길을 잃은 사람에
게 보다 실제적이고 구체적인 삶의 현장은 위 시에 단적으
로 드러나듯 "행복분식"의 암담한 처지 그 자체다. 자본의
위용이 막강한 "튼튼병원"에 비해 "행복분식"은 영세 규모
의 분식집이다. "행복분식"은 "튼튼병원"에 비교할 바 못 되
지만, 그래도 보다 안정되고 나은 경영을 위해 "저 빛"-"햇
살", 즉 자본을 대출받고 싶다. 그런데 그 대출처는 자본주
의 사회에서 제도금융권 바깥인 대출을 전문으로 하는 대부
업체 및 사채업체 중 하나인 "캐피탈타워"인바, 영세 규모의
경영자들이 제도금융권을 이용할 수 없을 때 부득이 기대는
곳으로, 지불해야 할 막대한 이자 때문에 그것을 감당할 수
없으면 역설적이게도 '빛'이 '빚'으로 돌변하여 자칫 경제적
파산을 안겨 줄 수 있다. 삶의 난경은 삶의 파국을 낳는다.

2. AI 매트릭스 안 새로운 사회경제적 정동

이렇듯이 그들의 삶은 녹록지 않다. 하물며 그들은 익숙한 자본주의 생태계에 적응해 온 삶의 양식과 동일하면서도 뭔가 크게 달라 보이는 또 다른 자본주의 삶의 작동 양식을 습득해야 한다.

이 도시에서는 빵을 구독한다고 말합니다 빵을 얻기 위해 읽어야 할 게 많아질수록 줄은 길고 팽팽해집니다 트렌드에 빠진 리뷰 탐독부터 언제 끊길지 몰라 한발 앞선 뒤통수의 표정을 읽는 일까지

이제 구독의 조건, 우리가 읽힐 차례입니다 QR 코드는 면죄부 같아서 어디든 통과되지만 속속들이 내막이 읽히는 걸 감수해야 합니다 치열하게 읽고 읽히는 이 고리는 우리를 보호하는 촘촘한 사슬입니다

─「빵을 구독하다」부분

나는 무기한 장기 계약 직원입니다 나도 모르는 거액의 스카우트 비용에 채용되었으므로 과분하게 존중받고 또 그렇게 부려질 예정입니다 미전향 장기수처럼 오래도록 이 안에서 낡아 갈 겁니다

나의 두드러진 미덕은 묵직한 입입니다 고객들은 대체로 말이 없습니다 속내를 들키지 않고 손가락 하나로 해결되는

간편한 소통을 꽤 만족해합니다 침묵은 때로 정중함의 동의

어 우린 서로 지극히 정중합니다

―「키오스크」 부분

"도시에 불어닥친 새로운 풍습"은 어떤 대상을 구입하기 위해 거쳐야 하는 일련의 "리뷰 탐독"이다. 자본주의에서 유무형의 대상을 구입하는 것은 화폐의 매개를 통해 '팔고 사는' 경제활동의 핵심인데, 최근 경제활동에서는 이 고유의 역능이 소멸한 것은 아니되, '구독' 절차 즉 그 대상과 연관된 다양한 정보를 '읽고 해독하여' '취사선택 및 구매'로 이어지는 경제활동을 필요충분조건으로서 수행해야 한다. 그럴 때 경제 주체는 합리적 경제활동을 하고 있다는 믿음을 바탕으로 자신의 소비 행위에 따른 만족의 정동(affection, 情動)을 소비한다고 한다. 그러니까 최근 '구독'의 경제활동은 대상을 소비하는 것뿐만 아니라 소비하는 과정 속 주체와 대상 사이 형성되는, 좁은 차원의 소비를 포괄하여 넓은 차원의 사회경제적 정동을 아우르는 셈이다. 이와 관련하여, 시인의 비판적 통찰은 매섭다. 경제 주체인 우리마저 "구독의 조건"으로부터 자유로울 수 없고, 우리는 점차 견고해지는 AI 매트릭스 안에서 자기를 컴퓨팅한 QR 코드의 재현 과정에서 "속속들이 내막이 읽히는 걸 감수해야" 한다. 왜냐하면 '구독'의 경제활동 속 "치열하게 읽고 읽히는 이 고리는 우리를 보호하는 촘촘한 사슬"이자 '구독 경제'에 우리를 친친 옭아맴으로써 '구독'은 경제활동을 시나

브로 넘어 AI 매트릭스 사회경제적 정동을 주도할 것이기 때문이다.

기실, 이것은 징후의 삶이 결코 아니다. 비록 당장 판매직 노동에만 국한될지 모르지만, 광범위한 분야에서 판매직 노동자를 대체하는 "무기한 장기 계약 직원"으로서 "거액의 스카우트 비용에 채용"된 채 "미전향 장기수처럼 오래도록" 그 존재를 보증해 줄 무인 정보 단말기 '키오스크'는 새로 급부상한 사회경제활동의 수단이자 매개로써 삶의 정동을 표현하는 형식으로 자리하고 있다. 이렇듯이, 우리의 일상은 AI 매트릭스의 사회경제적 정동으로 채워지고 있는바, 이것은 다시 강조하건대, 미래의 징후적 삶이 아니라 지금, 이곳에서 쉽게 목도할 수 있는 우리의 일상이다. 심지어 이 일상은 예전에는 포착이 힘들었던 경계와 이면, 그리고 이 모든 곳을 거쳐 간 시공간의 "햇빛에 과다 노출된 그의 알리바이까지" 도처에 있는 'CCTV'의 매트릭스로 나포된다(「알리바이」).

그런데, 흥미로운 것은 도시의 이러한 매트릭스 밖으로 추방된(하지만 엄밀히 말해 여전히 매트릭스의 제어를 받고 있는) 사람들은 섬처럼 격리될 뿐만 아니라 외부인의 유별난 볼거리(관광지 및 문화 체험지)로 전락함으로써 또 다른 '구독' 사회경제의 매트릭스에 갇힌다는 점이다.

> 재개발의 습격에서 살아남은 집들
> 지구 몰락의 한 귀퉁이에 대해

그들이 감탄할 때마다
골목은 비틀거리며 달아난다
힐끗 벗겨진 벽화 틈새로

섬이 아니었으나 섬이었다
그들과 멀어지는 건 지각의 흐름 때문일 거야
떠나온 육지를 향한 바다사자의 울음이
건너간 사이렌 소리에 끊겨 나갔다

마을 입구에 엎드린 구멍가게 평상에서
구부정 일어선 할머니 하나
서둘러 어두워지는 벽화 안으로 들어간다

―「갈라파고스」 부분

이른바 '벽화마을'이라는 명성을 얻었으나, 바로 이 예기치 않은 명성 때문에 마을은 여행객들의 방문 행위가 함의한, '벽화마을'이란 관광 정보를 '구독'하는 사회경제활동에 편입되면서, 말 그대로 다른 곳과 구별되는 문화상징자본이 사고 팔리는 장소의 사물성을 띤 채 예의 사회경제적 정동에 강하게 결속돼 있다.

3. '생의 정동'을 골몰하는 어둠

홍미자 시인의 첫 시집의 세계를 이해하는 주요한 메타포 중 하나가 어두움과 관련된 것은 「옆으로 가는 사람들」

에서 이미 언급한 바 있다. 다시 상기하면, "어둠과 정면으로 서지 않는 것"의 시적 진실과 시인의 '어둠'의 메타포는 내밀한 관계를 갖는다. 이와 관련하여, 흔히들 근대 계몽 이성의 맥락에서 '어둠'은 무지몽매한 것으로, 광명한 앎의 세계로부터 추방되어야 한다. 심지어 빛이 최대한 도달할 수 있는 곳까지 어두운 세계를 비춤으로써 어둠이 관장하는 무지함과 어리석음을 몽땅 계몽시켜야 할 부정의 대상으로 간주한다. 그런데 홍미자 시인에게 어둠은 근대 계몽 이성의 차원으로 재해석되는 그런 메타포가 아니다.

　　도시는 어둠을 들이지 않은 지 오래다 추방된 어둠은 변두리 공터를 몰려다니거나 외진 골목에 웅크려 있곤 했다 그렇게 어두워져 갔다

　　어둠을 베어 먹으며 이파리들은 푸르러졌다 그의 손길에 햇빛에 찔린 상처가 아물었다 가슴에 불덩이를 매단 건물들이 들어서고 가로등이 성큼 다가서기 전까지

　　도시는 끊임없이 팽창한다 밖으로 밖으로 떠밀려 가는 어둠, 따라나설 수 없는 나무는 밤이 오면 찬 보도블록 위에 눕는다 어둠은 더 어두워지기로 한다

　　　　　　　　　　　　　　　　　　　—「나무의 잠」 부분

표면상 어둠은 도시의 "변두리 공터"나 "외진 골목"으로

추방된 채 도시의 "밖으로 밖으로 떠밀려 가"는 천덕꾸러기 신세로 비쳐지고 있는 부정의 대상이다. 그런데 자세히 눈여겨볼 것은, 도시가 어둠을 절멸시킬 뿐만 아니라 행여 어슴푸레 존재하는 그 어둠마저 이 세계와 영원히 격리된 절대 부정의 지대에 가둬 놓지 않는다는 점이다. "어둠을 베어 먹으며" 생명을 버텨 나갈 나무를 위해 도시는 어둠이 웅크릴 자리를 남겨 준다. 그리하여 도시는 어둠이 "더 어두워지기로" 하는 우주의 흐름에 순응한다. 이것이야말로 시인이 어둠에 정면으로 대면하지 않은 채, 어둠을 추방하지 않고, 어둠에 비켜, 어둠과 절로 공존하면서 어둠에 대한 시적 진실을 탐구하는 길로 우리를 인도하는 방식이다. 짙은 어둠 속 "나무의 잠"이 생명의 비의성을 품고 있듯, 어둠의 심연이 계몽 이성으로는 도저히 잡아낼 수 없는 뜨겁고 강렬한 생의 정동을 고이 간직한 채 밝음과 어둠의 경계 틈새로 힘차게 솟구칠 순간을, 시인은 학수고대하고 있다.

따라서, 다음의 시편에서 한밤의 공원 속 "빈 의자"의 의인화가 함의한 것 역시 사물화의 정태를 초월하여 생의 정동을 골몰하고 있는 어둠의 비의성을 보증해 준다.

    밤이 되면 의자들의 행방이 묘연해져요

    암전된 공원을 배회하든 어느 현관 밖에 기대어 서든 세상의 모든 그림자들이 활보하는 시간

    의자도 어딘가에서 어둠에 골몰할 거예요

—「빈 의자」 부분

이처럼 "빈 의자"의 묘연한 행방이 "어둠에 골몰할 거"라는 시적 진실에서 주목할 것은, "배회하든" "기대어 서든" "활보하는" 등속의 연접한 동사에서 상상할 수 있듯 어둠의 지대에 머물러 있는 게 아니라 쉼 없이 어딘가로 이동하고 있다는 것이고, 이것은 달리 말해 '살아 있음'을 몸소 나타내는바 어둠에 먹히지 않은 채 어둠에 비켜서 어둠과 함께 어둠을 가르며 가는 생의 정동에 대한 시적 탐구를 보여 준다는 사실이다.

홍미자의 시편에서 이 생의 정동은 예사롭지 않다. 가령, 돌을 의인화한, 그래서 귓속에 결석이 존재하는 이석증(耳石症)을 지닌 돌의 서사를 노래하는데, 이 돌들이 밝은 곳이 아닌 어두운 그늘로 치우쳐 길을 거닐면서 정착할 때조차 그늘이 드리운 곳으로 치우치는 한이 있더라도("길을 걸을 때도 어딘가 뿌리박을 때도 그늘로 치우치는 습관은 지병입니다", 「돌들의 서사」), 나무의 뿌리가 깊고 어두운 땅속을 헤집고 들어가 비록 그 몸은 기울어진 대지에 있지만 온전한 존재로서 생의 정동을 담대히 드러낸다. 이렇듯이, 어둠에 대한 시적 진실 탐구는 홍미자 시 세계의 매혹적 상상력을 이룬다.

봄날 같은 현기증을 앓습니다 담장을 끼고 걸으라는 처방을 따라가면 점점 중심에서 멀어집니다

햇살 가득한 영토 안에서 출렁이는 나무들 뿌리 깊은 종족이므로 그들은 기울어진 벌판 한가운데서도 정정합니다
—「돌들의 서사」 부분

4. 창조적 행위를 재연하는 시적 교응의 힘

홍미자의 첫 시집을 통독한 이후 눈에 밟히는 두 편의 시가 있었다. 「어느 별의 유서」와 「십일월」이 그것이다. 시인에게 첫 시집은 이후 그의 시 세계의 바탕을 이루는 질료로서 시의 원향(原郷)임을 부인할 수 없을 터이다. 그래서일까. 「어느 별의 유서」에서 시적 화자 '나'는 곡절 많은 엄마의 인생유전을 "엄마의 심장"이 돼 "한숨과 넋두리 사이 흩어지는 혼잣말"을 받아 적곤 하는데, 이 '나'의 "대필의 습성"이, 타자의 생애사를 미주알고주알 대신 적는 한갓 비루한 글쓰기로 간주되는 게 아니라, 이 모든 삶의 사연들 사이에 궁싯거리며 생명의 온기를 불어넣는 창조적 행위로 다가온다. 그렇다. 이 창조적 행위는 홍미자 시인의 첫 시집의 시편들 가장 밑자리에 똬리를 틀고 있는 시인으로서의 생의 정동이다. 그리하여 우리는 "어느 별의 유서까지 나는 받아 적었지 밤마다 떠돌다 엉킨 무수한 말들을 해독"하는 시인의 시어와 시구절에 절로 교응한다.

그러면서 우리는 이 시적 교응의 힘, 이것이 모종의 경계를 넘어 걷는 일 속에서 이뤄지는 것을 시인과 함께 득의(得意)한다. 길가에 버려진 황폐한 집의 문을 두들기며 그곳과 연루된 숱한 유무형의 존재들의 슬픈 내력을 톺아보면서, 끝내 집에 이르지 못한 행인(行人)은 "너울너울" 바람을 타면서 춤추듯이 '국경'을 "넘어가고 있다". 그렇다면 시적 화자의 상상 속에서 "너울너울 국경을 넘어가고 있"는 행인의 행위는 시인이 시작(詩作)하는 창조적 행위로서 시적 연행(詩的 演行, poetic performance)이라 할 것이다.

걷는다는 건 분명치 않은 집을 찾아가는 일
헝클어진 무연고의 길을 풀어헤치며
길가에 버려진 폐가의 문을 일일이 두드리며
일몰을 예감하듯 가벼워지는 일

걸음 멈추고 뒤돌아보면
온통 무성하게 쓰러져 누운 불모지
집에 닿지 못한 발자국들이
너울너울 국경을 넘어가고 있다
—「십일월」 부분

홍미자 시인의 다음 시집이 어떠한 시적 재연의 매혹으
로 다가올지 벌써 궁금하다.